給準哥哥和
準姊姊的書

媽媽的肚子越來越大啊！

作　　者：詩米莉媞・普拉莎登霍爾斯（Smriti Prasadam-Halls）
繪　　圖：布麗塔・泰肯特拉普（Britta Teckentrup）
翻　　譯：羅睿琪
責任編輯：黃花窗
美術設計：游敏萍
出　　版：新雅文化事業有限公司
　　　　　香港英皇道499號北角工業大廈18樓
　　　　　電話：(852) 2138 7998
　　　　　傳真：(852) 2597 4003
　　　　　網址：http://www.sunya.com.hk
　　　　　電郵：marketing@sunya.com.hk
發　　行：香港聯合書刊物流有限公司
　　　　　香港新界大埔汀麗路36號中華商務印刷大廈3字樓
　　　　　電話：(852) 2150 2100
　　　　　傳真：(852) 2407 3062
　　　　　電郵：info@suplogistics.com.hk
印　　刷：中華商務彩色印刷有限公司
　　　　　香港新界大埔汀麗路36號
版　　次：二〇一八年十一月初版

ISBN: 978-962-08-7148-1
Originally published in the English language as "How big is our baby?"
Text copyright © Smriti Prasadam-Halls, 2018
Illustrations copyright © Britta Teckentrup, 2018
Copyright licensed by Wren & Rook, an imprint of Hachette Children's Group
Traditional Chinese Edition © 2018 Sun Ya Publications (HK) Ltd.
18/F, North Point Industrial Building, 499 King's Road, Hong Kong
Published and printed in Hong Kong

媽媽的肚子越來越"大"啊！

詩米莉媞‧普拉莎登霍爾斯 著

布麗塔‧泰肯特拉普 圖

新雅文化事業有限公司
www.sunya.com.hk

恭喜你！

你快要迎來一個 **小弟弟** 或者 **小妹妹** 啦！

也就是說，你很快就會成為大哥哥或者大姊姊了！

這個小寶寶將會成為你的新玩伴，
而你也會成為小寶寶生命中非常
重要的一個人。

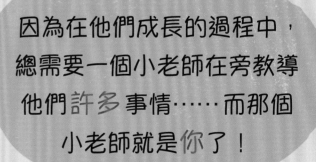

因為在他們成長的過程中，
總需要一個小老師在旁教導
他們許多事情……而那個
小老師就是你了！

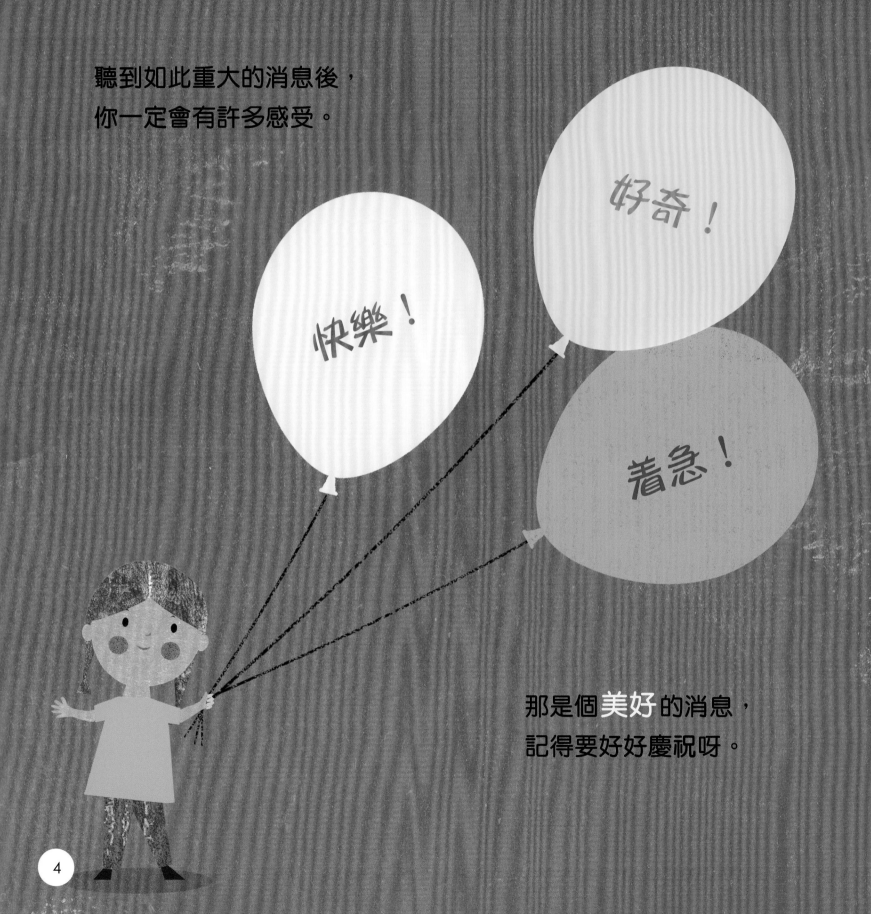

聽到如此重大的消息後，
你一定會有許多感受。

好奇！

快樂！

着急！

那是個美好的消息，
記得要好好慶祝呀。

你也可能有點憂慮。
很快你便要和一個新生的寶寶分享你的家人、玩具和居所。

如果你擔心生活將從此永遠改變，那麼你就猜對了——生活將不再一樣，它會變得更精彩！

你將會有着更多樂趣，
更多擁抱，
還有更多愛。

所有事物都需要時間和在安全的地方生長。

就如花朵需要在
肥沃的泥土裏生長。

而蛋糕也
需要放在暖的烤
箱裏烘烤。

寶寶也一樣，他需要住在一個又安全又温暖的地方來發育，並變得強壯。那是位於媽媽身體裏的一個特別的地方，名叫子宮。

我們將寶寶待在子宮裏的 9 個月稱為懷孕期。在子宮裏，寶寶會獲得養分並受到保護，變得越來越大，直至他準備好，就會出生和你見面。

一起來認識一下懷孕期間寶寶會如何成長吧！

第 **1** 個月

寶寶細小得像海邊的一顆 *沙子*。

寶寶現在很 細小 ！

一組屬於寶寶的基因密碼已經準備就緒。這組密碼來自爸爸和媽媽，就像一份獨特的食譜，決定了寶寶頭髮、眼睛和皮膚的顏色。

你的眼睛是什麼顏色呢？

再過不久，這個小人兒便會長出
眼睛、耳朵、鼻子和嘴巴。

第 **2** 個月

寶寶就像 **軟糖** 一樣大。

寶寶仍然很細小，但他身體裏最重要的部分已經各就各位。寶寶的心臟開始泵血，腦部會思考，而肺部將幫助他呼吸。

寶寶也有心跳！不過現在他的心跳太微弱，我們無法感受到。

這時的寶寶長有一條小尾巴和帶蹼的雙腳。不過別擔心，它們很快就會消失。

將手放在你的心臟上方，看看你能否感覺到自己的心跳吧。測試前先做5次開合跳，會更容易感覺到自己的心跳啊！

第 **3** 個月

寶寶就像 *雞蛋* 一樣大。

寶寶在媽媽子宮裏成長期間被稱為 胎兒。

小小的胎兒擁有
手指 和 腳趾，
就跟你一樣。

你有多少隻
手指和腳趾呢？

在這個月裏，寶寶的體重會增加最少一
倍。試想像一下，你的體重在一個月裏
變成了「兩個你」，會是多麼驚人啊！

13

第4個月

寶寶就像 梨子 一樣大。

在這個月裏，你也許能夠得知寶寶是男孩還是女孩。有的家庭喜歡提早找出答案，有的家庭則會留待寶寶出生時才揭開這驚喜。

寶寶正在長出眉毛和頭髮。

來動動你的手指，向寶寶揮揮手吧！

寶寶開始能夠活動手指了。

第5個月

寶寶就像 芒果 一樣大。

寶寶現在能夠聽到聲音了。

來唱一首歌，
讓寶寶聽一聽
你的聲音吧！

寶寶會在媽媽的
子宮裏扭動，
搖晃個不停。

你的媽媽也許會第一次感覺到
寶寶在活動，那種感覺就像有
一隻蝴蝶在子宮裏翩翩飛舞。

第 6 個月

寶寶就像 *茄子* 一樣大。

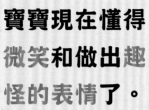

寶寶現在懂得微笑和做出趣怪的表情了。

寶寶的腦部正在不斷成長。
快來告訴這個小傢伙你今天學會的事情吧。

你有想過給寶寶取什麼名字嗎?

第 7 個月

寶寶就像**椰菜花**一樣大。

寶寶現在可能會非常用力地 踢腿。

請你摸一摸媽媽的肚皮，試試能否感覺到寶寶的動作吧。也許寶寶將會成為一位足球員或者一位舞蹈家呢！

媽媽會進食有益的食物，讓寶寶逐漸變得更高大強壯。一條特殊的帶子能將食物從媽媽體內輸送給寶寶，那就是 臍帶。

寶寶也正在長出細小的眼睫毛呢。

第 8 個月

寶寶就像 *足球*一樣大。

寶寶現在很可能在媽媽的子宮裏倒轉着身體，做出準備出生的姿勢。你能想像自己倒立一整天嗎？

寶寶也會睡覺和做夢，就像你一樣！

不管白天或黑夜，寶寶都會在不同的時段裏睡覺與清醒過來。

你猜寶寶這一刻正在做什麼呢？

第9個月

寶寶就像 **西瓜** 一樣大。

寶寶變得很大呀。試想像一整天都帶着一個又大又重的西瓜在身邊，那會是多麼吃力啊！你能想想一些方法，來舒緩媽媽的疲勞嗎？

寶寶已懂得眨眼、哭泣、睡覺和微笑……甚至會吸吮自己的大拇指。

寶寶，做得好呀。你已經預備好要出生啦！

寶寶來了

一般來說寶寶會自行決定什麼時候
出生，但有時大人們也會預先安排
在特定日期讓寶寶出生。

有的寶寶會在
醫院**出生**，有的
會在**家**中出生。

要把一個新生的寶寶帶到這個世界上，
是一件非常艱辛的任務。你的媽媽初時
可能會累壞了。

媽媽需要
好好休息！

無論寶寶在何時何地降臨，他或她都會為着可以和
你見面而興奮不已。請準備好給寶寶一個溫暖的、
盛大的歡迎儀式，迎接他或她加入你的家庭！

寶寶出生後，最初似乎只會不停睡覺、哭泣和進食！不過為了讓寶寶長成一個健康、強壯的人，那全都是非常重要的。你的爸爸媽媽為了照顧寶寶，也許無法像平常一樣經常跟你玩耍——但這並不代表他們不想跟你玩啊。

不如趁爸爸媽媽餵哺寶寶的時候，帶些圖書給他們看，或者展示一下你的畫作？

你日常的生活或許跟以往有點不同，不過有一件事情是永遠不會改變的——那就是你的家人仍然深愛着你。

你也許有許多幫忙照顧寶寶的好主意。
你的家人一定會樂意聆聽你的提議——
只是，你要記得做任何事情之前，一定
要先問問他們呀。

寶寶喜歡聽你說話、唱歌和看你扮有趣的鬼臉。寶寶最愛笑！

別忘了給寶寶
許多抱抱和
親吻。

你最重要的任務，就是好好享受認識寶
寶的過程。因為這個可愛又活潑的寶寶
並不只是一個普通的寶寶……

……而是你 獨一無二 的弟弟或妹妹！